KB206278

집을 용서하자

집을 용서하자

이효림 시집

시인의 말

네가 왜 계속 태어나는 걸까

이건 정말 중요한

이야기인데

아무것도 보이지 않는다

아직.

2024년

이효림

차 례

● 시인의 말

제1부

제2부

제4부

제1부

변형

사과의 위치까지 사과를 당기고 있습니다
유토피아의 미래까지 물을 당기고 있습니다

사과가 자라면 위치는 달라집니다

나무는 오물오물 정식을 먹고
잘 차려진 해와 등등
살이 오릅니다

사과라는 세상은 천 년을 싱싱해서
태양의 항해를 의심하지 않습니다

열매에서 만화가 흘러나옵니다
새가 돌아와 감정이 화창하여도
품종개량에 대한 특별한 설명이 이어지고

누가 먹고 먹히는지
벌레는 과일 집을 따라갑니다

달려 들어간 세계가 사과 속이라서 다른 세상입니까

주문 없이 열리는 새장처럼 톡톡 쳐보지만
음을 모르는 나무의 친척이 연주를 합니다

엇나간 가지를 위한
그런 생각은 멀리서 올까요

단맛이 모자라 돌아선

매달린 기억만 떨어지면 열리는 출구처럼

사진 가득 양지를 매달아
커다랗게 웃습니다

어느 알의 최선

번개가 친다 연기의 나라에 떨어졌다는 걸 알았다 벌레가
요란스럽게 날개를 터는 밤 은하 밖으로 눈을 밀어내는 꿈
을 꾼다

가장 멀리 가는 비행기 표를 끊을까

인큐베이터를 주문하고 다음 시간을 기다릴까

에너지만 소비하고 되돌아오는 빛에 대해
몸을 한껏 말았으므로 꿈이 한 줌이라고 누가 말한다

빽빽하게 지는 꽃과 무한 번식하는 도시의 눈빛
울음소리 가득한 파라의 방
반쯤은 물이 차 있고
반은 비어 있는

서로를 오래 보면 슬퍼지는 문을 가져

종소리에 마음을 서성이며

포기하지 않기 위해 작은 노래를 이어 부른다

누군가의 얼굴을 붉어지도록 불러보고

세상을 무단횡단한 사람의 이야기가 왜 궁금하여

숲으로 걷는다

별안간 빛이 간지러워

레몬 소리를 내면서 인사를 건네면서

수많은 괄호는 정말 간단할까

창백하고 입이 마른 세기를 건너가는 아이가 있어

모든 태어나는 날을 모아모아 이름을 짓는다

밑그림을 못 그린 난민의 일기는

어디서 쉴까 잠자리가 철썩거린다

참 아름다운 행성을 기원한다

두 다리가 짧다는 걸 새는 몰랐다고 했습니다

이제 도착했습니다 여기가 어디인지 새벽은 알려줄 것 같 았습니다 아침은 무한정 흘러갔습니다 어디로든 흘러 여름 에는 옷을 벗고 겨울에는 털옷을 챙겨 적당히 사람이 되었 습니다 어제를 어둠 속에 넣고 달콤해지기를 기다리는 사람 들이 있었습니다 새 인류처럼 활기차 보였습니다 웃음이 넘 쳐 모두 엄마를 만난 것 같았습니다 지구는 반대편으로 균 형을 잡는지 폭우가 쏟아졌습니다 빗속에서 두 다리가 짧다 는 걸 새는 몰랐다고 했습니다 늦도록 우우 우는 새가 있고 유전은 무슨 의미로 천둥을 숨겨 둔 걸까요 도무지 알 수 없 지만 세계는 꽃이 피고 우거졌습니다 벌써 겨울이 왔습니다 언덕으로 슬픔이 살았습니다만 밥 냄새가 좋아 나쁜 일은 잊기로 했습니다 생각이 고슬하게 익어 갔습니다 멀리서 보 면 오늘은 아름다웠습니다 우리 사는 이야기에 예측은 그만 두기로 했습니다 여행은 사람에 몰두해야 했습니다

종점 사람

선택과 아무 관련 없는 밤
어둠에 풀리는 막차를 보고 있다
떠도는 어깨를 기다리는 새처럼

계속 무거운 하루를 매고 다녔을까
검은 소리 철거덕거린다

지금 가도 집은 ―중략― 속으로 잠긴 지 오래

사과를 사 들고 가는 사람이
그림의 의도대로 무제라면
도망친 저녁 컷 한 장이 될 수 있겠니

기원을 한 뼘씩 흘리며 우기를 뱉는다

어둠을 표백할 생각이 아예 없고
생일을 꾸미지 않는 사람

시럽을 빨리 저어 화를 부수어 버릴 듯

헤드라이트 빛에 밤의 정경이 빼곡하게 붙어 있다
소리 나는 귀걸이가 숙면에 들 때까지

스윗한 종소리가

아름다운 밤이에요 정물을 털듯이
털리지 않는 입구와 출구의 늪

표범과 음악과 직장과 부부가 더 중요한 것을 찾을 준비
에 몰두하며
종일 들고 다닌 꽃다발 팔뚝에 심어도 환하게 핀다며

스무 개의 꿈을 꾼다

토끼가 사라져도 자장면 비비는

벤치는 무한정 다정으로 전승된다

자장면 비비자 어울리는 세계처럼

우리는 새로운 생물로 흘러간다

안으로 녹아내린 도넛을 노크하며
하나둘 두터운
면발이 지하도를 넘어

아침을 부비 할 새 없이 집을 빠져나온 사람들

서로를 인정하지 않을 정도로만 스치며 헤치며
부유하는 전진을 따라 뜬다

먼지를 불어 춤과 초록을 심을 때
남김없이 어둠을 퍼내는 아침을 환호하며

사색이 없으므로

누가 와도 마른 벤치는 다정하고

색이 낡은 오늘을 선물 받은 사람은

계속 건너가고 건너가

우승자처럼 벤치에 앉아 발을 꺼내 본다

벤치를 지나고 벤치를 발견하려 뛰는 사람이

귀여운 행복을 하나둘 버린 날

봄여름 가을 겨울을 오른쪽으로 돌려도 열 수 없는 하루

가 있어

여름은 쌓이고

상처에 몰려드는 열기가 커다란 힘처럼

믿음을 다 섞어 비빈다

저장성

저장성은 흐르는 것입니다
흉터는 매달린 기억에 천지가 흔들려

구름쿠키가 손톱을 샀어요 무슨 말이니 어디로든 날아가
는 무리를 생각합니다
짠지는 무우가 흐른 것인데
은밀한 생각은 오래 재워둡니다

화석 같은 하루를 건져

문 없는 곳으로 쏠린 잠
날아간 혜성이 들판으로 파래지는 것입니다

어릴 때
잃어버린 흉터는 베어 문 사과처럼 그믐을 흘립니다
이미 낡아가는 믿음이
출발지의 시력을 종일 돌아보고

가능성은 모락모락 감자처럼

벗은 투명과 구부러진 의자는 따로 생각하면 그만이지만
오늘로 모여 어깨가 가득합니다

썩는 것은 지문을 바꾸는 것

낯선 말을 속삭여도
감자가 나오고 감자가 자라고
싹이 하늘을 읽습니다

허연 유전은 끊임없이 가려워
어떤 일이 일어 날 이맘때입니다

함몰

K는

여름과 새와 라디오는 왜 숨을 곳을 찾을까

겨우 마른 전설이 사방으로 흩어져

텅 빈 거울에 숭숭 이브가 자란다

날개는 변명처럼 부풀어

근원이 해체된 악기들 퉁퉁 바다를 친다

얼음 새가 돌아가는 형식으로 허공을 향해 억양을 높인다

새잎이 나기 전에 던졌을

독백은 향기처럼 돌고 돌아 눈이 파란 무덤과 물의 노래

를 부르고

예언은 세계를 이을 듯 문턱에 서서

K는 쥐고 있던 바다를 혹 놓는다

종이 밖으로 넘치는 고양이를 보다가

바다를 지나가는 다른 인류를 보낸다

엉겁결에 손을 흔들며 손을 흔드는 것이 아닌데

K는 치명적인 향기를 가진 지구 속으로 빠진다

아무 소리도 들리지 않는 행성을 꺼내 보다 덮는 버릇과

누구나 한 번쯤 음소거 되어버린 계절이 찾아와
무채색 벽화 속으로 끌려들어 간다

시간은 그냥 벽 위에 걸려 있고 얼굴을 닫는다

너무 어두워져 K와
각자 그린 그림 속으로 빨려 들어간다

도도새와 파란 꽃병이 남겨진 아침

딸기는 정직해서 배꼽이 많더라

딸기는 딸기와 과일을 나누며

기계를 두리번거리며

짓무른 당신은 뭐지

기계는 별도 공지를 읽으며

딸기의 무게를 잽니다

감당할 수 없는 일을 기다리는 무늬처럼

딸기는 이마를 갸웃거리고

기계 소리에 어깨부터 팽팽합니다

당도는 11브릭스

당신이 가장 선호하는 계급으로

온몸에 태양이 고루 퍼진

보기 드문 품종입니다

당신의 취향에 맞춤한

그런 이상향을 추구하고 있습니다

갈증을 이해하지 못해 뾰족하지만

향기로 갈음해 주세요

유쾌한 기계와 아침이 조합되고

푸른 봄눈이 기도라서

기계는 딸기를 풍선이라 부르고

딸기는 기계를 앵무새라 놀리며

처음 사는 세상이라 계획서를 열심히 외웁니다

말썽을 일으키지 않으려 응답을 배우지 않았다는

기계는 딸기꽃에 열린 봄을 따며

설마 무엇이 될까

들판을 마시며 향기를 만지며

오늘은 기계도 붉게 익을 줄 압니다

페루의 오리처럼

들판은 먼눈으로 꺾어진다 꽃은 수필처럼 모여 있고 빈집에 고양이 두 마리 지나간다 어제의 감정을 풀어도 꽃말은 유구하고 꽃을 만지면 고백이 떨어질 것 같아 코만 댄다 얼굴에 붉음이 차올라 토론하는 언어는 버린다 페루의 오리처럼 장미는 착한 말만 한다 아름다운 언어를 골라 소년의 귀속에 넣고 누구의 꿈에도 세레나데가 쌓이도록 기도한다 사랑이 감염되지 못한 잎에 장미의 감정은 한 점도 없고 가슴만 치열하게 피고 진다 우발적으로 꽃말을 지은 사람은 죽고 없지만 장미를 부르면 맹세를 먼저 한다 너울성의 사랑을 삼킨 건 장미가 아니고 장미는 장미로 살뿐 사람이 점령한 세계는 오독이 많다 그럼에도 당신이 좋으면 좋겠다 그럼에도 향기는 먼 것을 불러준다 총총하게 서로의 뺨를 부비며 겨울을 난다 어느 즐거운 날의 지구가 된다

새와 양말 기체

늦기 전에 네가 온다
우산처럼 소매를 걷고
달려 온 것이 상상이 되지 않으려
물을 벌컥 마신다

쏠린 머리를 털며
뒷목에 앉은 여름을 민다

천장이 높지도 낮지도 않은 집에
아무 말도 자연이 된다며

국수와 만두
두 메뉴는 생각을 덜어주고
이야기는 깜박깜박
이어지다 국물에 녹는다

무슨 말을 하던
네 눈은 그릇 구석을 헤매며

창가에 나팔꽃이 조화인지 묻지 않는다

국수는 금방 비워지고
이야기는 두 계절씩 건너 다시 물이 된다

아무 말도 자연이 된다며

갓 스물을 넘겼을까
쏟아지는 웃음과 유쾌한 목소리가
테이블을 건너와
기찻길과 강과 관광지가 된다

만두를 꿀떡 넘기며
생활이 자랄 거야

서로를 이해한 것처럼
미소를 보내며
우리 이야기는 새와 양말 기체

서걱서걱 서로의 눈에 모래를 퍼 담는다

학습은 네라고 대답하지 않고

학습 없이 태어난 사람을 환영합니다

아이 손을 잡은 엄마는
미래형 아이가 될 체험을 원하고
시금치 당근 블루베리 손 가득 들판을 올려놓는다

아이는 깨지지 않으려 부풀어 오른다

자기가 무슨 빵을 좋아하는지
다른 엄마를 쳐다본다

빵은 다양한 지구 족을 하나로 묶어준단다
빵 없이는 살 수 없고 얘야
얼굴이 이웃 나라와 익는다

자연주의와 인간주의
재료가 귀속에서 덜거덕거린다

아이는 마늘을 읽어내고 배가 아프다고 도망간다

소금빵 치즈빵 애플파이를 산 사람이 화성을 설명하고
엄마는 고구마 빵 재료를 펼쳐
아이의 미래를 맞춤한다

설탕은 미래의 환상이란다

아몬드 밖에서 놀던 아이가 알약을 먹고 날아다닌다

엄마는 채소 과일을 섞으며
뇌세포 수를 절대 과학으로 조절한다

오늘과 내일은 공짜지만 빵은 사야 한단다

아이의 세 번째 팔을 잡고 들어온다
아이는 뒤통수를 긁으며 건네주는 시큼한 구름을 씹는다

유리 안무

한 사람이 오리걸음으로 걷는다
열 개의 달팽이로 번져간다

놀라운 것은
신비도 비슷하다는 것

기쁜 것과 슬픈 것은 반드시 눈을 마주친다는 것
그늘은 지상 열차 같다는 것

가까이 있는 것이 잡히지 않을 때
어둠의 냄새가 분장과 유전에 매달릴 때

그런 것에 시선을 거두고 싶을 때 눈 없이 반짝이는 유리
의 밤에
청정한 동산을 마신다

유리에 화원이 막 헤엄쳐 가고

휘어지는 마을과 옥탑과 인류의 좁은 귀가 흘러 들어간다

사명을 다하는 음악과 조명 사이
안무를 해설하는 사람은 목소리를 열고 서 있다

행인은 행운을 보지 않고 지나간다

에너지 음료가 어둠을 소화하는 법과
편의점 이야기가 동네를 살금살금 거릴 때

군중과 화원의 고민이 서로를 기대고

유리가 가능성을 번식할 때
사람을 계속 설명한다는 것

웃음이 조금 더 살았다면
심장의 내용 다 보여 줄 텐데

남자는 점 같다

남자는 점 같다 달력이 없으면 어제와 다른 날인 줄 아무도 모른다 손가락은 왜 그 많은 날을 세고 있는지 창이 환하여 일어났지만 양말을 신어야 할지 지금 꼭 뭘 먹어야 할지 정오에 먹으면 아침은 부패하는지 알 수가 없다 일찍 등산을 하고 빵을 살 것이라 생각했지만 다른 일을 먼저 해도 하지 않아도 아무 문제가 일어나지 않는다 월요일이 문소리를 내는 것 같아 복도를 둘러본다 잠긴 목을 흔들어 저어 본다 누가 사는지 옆집도 조용하다 전단지만 팔랑거리는 먼 길 같은 복도를 훑고 닫는다 불빛은 컵라면 국물을 고개를 젖히고 여유 있게 마신다 뜨거운 기운이 뭉클 떠오른다 사철나무가 코를 찡긋 흔든다 흰 운동화를 신고 소포장 코너에서 S표 둥근 빵과 토마토를 산다 토마토의 소통은 수요일까지 라고 신선한 말을 한다 무엇이든 소화 가능한 정오지만 춥다 승객이 별로 없는 버스는 비사회적 소리를 지르며 달린다 유리문은 잠시 속살거리다 닫히고 고양이가 사소한 기분에 당혹스럽게 운다 점심은 여러 생각으로 맛이 시어지고 새와 밖의 소란이 점점 멀어지는 목요일은 침착하게 고양이 등뼈를 따라가며 흰 털을 센다 산을 뛰어오르던 소리에 놀

라 문을 벌컥 열어본다 아무도 없는 복도에 귀와 머리칼을
겹쳐 탁탁 털어낸다 몇 개의 요일이 남아 덜컹거리지만 커
피를 남긴다 비 지나간 풍경은 새 질서와 법칙이 오차 없이
꽉 차 있다 바람 불어 일요일도 마구 흔들리고 벤저민의 푸
른 시간이 의좋은 형제처럼 또 지나간다 오늘도 아무 일 일
어나지 않는다 썩지 않는 남자의 꿈처럼 창은 붉은 풍경 수
북이 끓어 담는다

제2부

수북

저녁이 흩날렸다
호수를 접고
두 개의 귀를 열어야 했다
벌레를 통해
꽃을 배웠지만
인파를 빠져나간 향기는
으르렁거렸다

사람들은 왜 밀려다닐까
어디로 가는 걸까
무엇을 보는 걸까
서로 웃는다고 말하지만
도무지

꽃 죽음을 알까
꽃등을 의심 없이 밟고 가야 하는 곳은
불러본 적 없는 이름이 많아
꽃잎은 하얗게 타버렸다

바닥에 주저앉아 아무 일도 하지 않았다

나비는 멀리 구름의 알이 되었다
눈을 버리고
수북이 모여
꽃을 감당하지 못한 꽃이어서
무럭무럭 태어나는 군락이었다

꽃 위에 꽃 눕고

믿은 만큼 걱정하지 않았다
미학을 호호 불며
상상을 호호 불며

고민은 충분한
부푼 교과서
벅벅 긁는 슬픔을 영상 중이었다

우리 예감 타고

대륙을 끌고 간다

얼어버린 감정이 다시 태어날 것처럼
물을 꼭 쥐고

촉수를 모아 붙인 얼음 손
수천 겹
물꽃 핀다

꿀을 쪼던 부리에 산천어 올라와
우리 예감 타고 대륙으로 가 볼래

북풍에 휘말릴수록
얼음은 별일 없을 거라고
힘껏 강을 닫아준다

세계를 포기하지 말자 광고를 따라 하며

물의 한 차원은

다시 파고를 타겠지만

고대에서 미끄러진 내일을 추상한다

결심이 흘러버린 영토에 꽃이 차올라

낡은 마음 철렁철렁 건너가고

겨울에 갇히지 않도록 가슴끼리 얼면서 걸어간다

우리 얼음 강 감아 매고 조금 더 가 볼래

대륙까지

동면을 흔들어 깨운다

기타 사람

그리고 기타 사람으로 출연합니다

옥수수처럼 단상 아래 나란히 앉습니다
박수는 농담이 아프지 않을 만큼만 치자
조명은 낙원을 건설 중이고
음악이 벼랑으로 돌아나가 휘청거리는 내심까지

이론이 쪄내는 공복과
혀를 버린 말이 피아노를 칩니다

오늘은 기분 좋게 출연료와 돌솥밥

미래는 계속 반짝거립니다
그 말에
쿡 웃는 뒷줄의 기타 사람

마네킹은 설탕을 버무려 신선 식을 만듭니다

로이가 흰나비를 생각하며
팝콘에 묻은 수십 층 바다를 긁어냅니다

그런데 우리 좋아지고 있습니까
연설의 마무리는 박수로 접습니다

옥수수는 조상이 부족한 사람들의 믿음

제목에 덧붙이자면
흔들리는 옥수수가 길게 살아갑니다

문명의 재구성을 위해 빛과 구두 그리고 상상 같은
옥수수는 점점 용사가 되어가고

사회는 말이야
사람은 말이야

새로운 게임을 옥수수에게 배울까 그리고를 열어봅니다

다락이 정물화가 되듯이

오늘 밤 다락은 무수한 창가
달은 헌 운동화에 발을 넣고
계단을 걷는다

어떤 소명은 작은 문장으로
새 나라가 되려고

목가적인 학교가 서 있고
배고픈데 태어나지 않는 소행성과

페르소나의 울음을 풀지 못한 사람들 새벽잠을 버린다

떨어진 배꼽이 쓸모없는 줄 모르고
울다
거기서 여러 번 꿈을 꾼다
신도 모르는 언어로

직립에 사력을 다하는 정물처럼

입술 오므린 새싹이 언덕을 오르며
도약이라고 새까맣게 타는 말을 한다

우리가 기울일 저녁이
영문 없이 우리를 지나치듯이

우주는 증식밖에 모르고

간절하여 눈 감으며 눈만 아픈 밤
희망은 침묵만 익히는지

문을 열면 덜컹
도착하든 다락이 뛰어내린다

새벽은 화면에 여러 색을 담지 않는다

어둠을 뱉으려
앞을 쏟으며 걷는 사람

아직 일어나지 않는 마음을 두고 나선 사람은 어깨를 동
그랗게 말아 걷는다 그때처럼 어둠도 흔들릴까
검은 잠바
검은 바지

검정을 받아치는 지팡이를 몰고
껴입은 외투가 모자라는 새벽도 온몸을 탁탁

멀리서 보면 옷 색이 바랬는지 따듯한지

관계 밖으로 걸어가는 사람은 탁탁

정류소에 던져진 간밤이 주홍으로 태어나려는데
산을 오르는 탁탁

허리 펴면 언덕은 다시 길어져

끝나지 않는

저 탁탁

좌표를 잃었거나 여기가 고장 난 골목이거나

어디쯤이 절인지 국밥집인지 아는 것 같지만

다 지나치는 탁탁

회색이 묻은 밤을 털지 않고

동네를 돌아가는

검은 탁탁

겨우 열리는 기슭을 등으로 닫는 사람

입속에 역방향은 없다

혀를 버리면 그곳이 만져지겠지만
새벽은 긴 팔을 출렁이며

잃어버린 동물을 찾는 조련사가
새가 되는 실험은 관계부터 빙빙해서

산책이 없다면 갔던 길을 돌아오지 않아도 괜찮나

혀는 수직을 지키는 방법이고

물새는 물이 무서워
발톱에 부딪힌 균형이 비틀거린다

무릎이 젖기 전에
 벌써 굳어가는 다큐의 바다와 사람들 절벽을 내려가는 풍
경과 애완견이 풍덩풍덩 기억을 적신다

 여러 개의 주파수가 따로 돌고

사라진 사람과 늦게 온 사람과 허둥지둥 찾아온 사람은
물결이 되고
　빠져나간 창이 안을 들여다본다 오한이 오래 머물렀던
협곡

　대교는 조각난 하늘을 붙이며
　기침이 꺾인 곳에 기적이 있으면 좋겠다

　네가 따듯하면 나도 일까

　혀 한그루 쓰러져 네가 사라질까 웅성거린다

　안전지대처럼 고여 있는 말자국들
　정말 보이는 곳까지만 가야 하나

　얼굴은 계속 달려 비밀이 울창한데
　남은 사탕 수풀로 지저귄다

측면

바퀴 달린 꿈을 누가 사겠는가

펭귄이 신생을 발견한

어느 날 가출한 길몽은 아파트 옆에서 발견된다 여러 가지 의문이 큰 일교차를 끌고 간다

신의 잠꼬대에 항해를 멈추지 못하는 기억이 있지만 우리는 귀속에 묻혀 세상을 잃어버린다

유혹은 빌딩을 만들고 빌딩으로 들어간 해는 목이 부어올라 유리를 덜커덕거리고 벽의 각오마저 측면으로 흘러내린다

통점이 없고 방점도 없어 중앙에 머물 수 없는

메아리는 시린 달을 지고 그네만 탄다

퇴근인데 눈빛은 비어가고 측면의 불황은 매우 깊어

겨우 손잡은 펭귄과 그늘은 서로의 머리를 뒤로 묶어주며 까르르 꽃씨를 터트린다

낙원은 플랫폼이라고 외치며 무거운 노래가 허밍으로 울린다 빛을 따라온 모래를 지도에 붙여보면 남극의 윗니가

반짝거린다 아이들은 수천 년 살아온 것처럼 뒹굴고

　모래 상자를 열어 조상을 바꾸고 이름을 바꾸고 그러다
지도를 흔들어 남극의 흔적만 지우고 잠이 든다 먼 진화를
끊어 펭귄도 버릴 때

　겨우 몇 평의 그늘을 밀고
　짐칸에 몰린 어둠을 내려
　측백나무 옆으로 꾹꾹 두 발을 심는다
　365일 비 내리는 그 고향 같다 생각하며
　바람은 방향 없이 무참하게 분다

　출근인지 퇴근인지 캄캄한
　아이의 배웅을 받으며
　펭귄의 유랑은 처음처럼 또 길어진다

일기는 비밀인데 계속 중얼거린다

사야 할 것은 목록에 넘쳐요 내 밥그릇 내 자장가 가슴을
올라가는 단추 짧은 두통을 멈출 모자 머리카락이 날리는
노래는 후렴구까지, 악몽을 새로 꾸게 할 새벽도 두 개면 좋
겠는데 녹아내리는 혀를 매달아 줄 뱀 리본은 말랑한가요
당신이 판 여름이 너무 더워서 땀띠가 착실하게 붙었어요
비밀이 좁아서 화분은 파냈으니 꽃은 사지 마세요 주말에는
옛날 영화를 보내서 종일 울었어요 어제는 달력을 사고 일
년이 주르륵 집으로 몰려 대문이 터졌지요 오늘은 공중을
지키는 일이 참 힘들구나 안개로 건물을 지우며 형광 비가
들쳐 발과 손이 떠내려가고 베개만 남았네요 마음이 나가면
모두 폐품이라고 수집하는 아저씨가 말했는데 태그 달린 별
을 보면 기념이라고 또 샀어요 눈이 맑은 토마토를 주문하
고 새들을 벗긴 털 옷을 주문하고 배에서 갓 잡은 고기를 주
문하고 고양이와 같이 천사를 기다렸어요 밖으로 나간 내가
덤으로 따라올까 봐 종일 대문을 걸어놓고

독려

기억이 웅성거리고 있었다 쓰레기 더미를 나와요 놀란 개미가 담을 세워 주었다 담은 컹컹거렸고 쓰레기 옆에 사는 나무는 자기가 바보스럽다고 고개를 숙였다 우리는 모두 손사래를 쳐주었고 담을 넘긴 나뭇가지는 미래 같지 작은 아이가 말했다 그림자로 종소리를 문질렀다 새가 튀어나올 때까지 우리는 우리의 의지를 살피는 이마에게만 관심이 있었고 침묵의 갠지스를 외면했다 신세계의 긴 예명을 불렀다 동경하는 것이 멀고 멀어서 한 송이 세 송이 땅끝으로 피어갔다 빛나는 이파리에 무게를 칠하며 곰팡이가 창궐하는 밤을 건너다녔다 세계의 지층을 따라 방류되는 현대였다 뻗어가는 입구를 발견할 것처럼 대행진은 마침표를 거절했고 세계는 세계를 감당하려 휘청거렸다 병에 담긴 해와 달을 구경했다 남은 길이 까맣게 길쭉 거렸다 착한 거울의 날개가 펄럭거렸고 뛰어 뛰어 운동장 모서리를 돌며 우리는 자라는 사회를 끝까지 밀었다 한 개의 향기라도 모아 미래를 기원하며

테이크아웃

오이 따는 시기를 놓쳤다 오이 줄은 새파랗게 오이를 붙
잡고 출렁거린다 밭에 부려놓은 노란 노래를 스쳐 간다

편의점은 혼잣말로 춤춘다

시선은 물을 따라 계속 뻗어갈 수 없다는 사실과 오늘이
사라지는 오후의 강가로 그림자를 밀고 간다 여름을 빵빵하
게 뱉은 사람 때문에

계속 땀을 훔치고

새까만 커피의 심정은
먼 나라 동네를 찾아보는 일
구두 없는 엄마가 뱅뱅 돈다

강변에서 치킨을 시킨다 착하게 먹다가 오이가 빠져도 오
이밭을 흔들지 않는다 별이 쏟아지는 정글은 아니고 양초는
생일에게 계속 똑같네 꼬불한 여름을 절반쯤 잘라 불을 피

운다 푸시푸시 여름이 자꾸 꺼진다 풍선을 보면 꿈이 터질
까 숨을 벽에 붙인다

공원은 산책을 모아 보려고

코끼리 주세요 엉뚱한
무엇을 기다리다 강가를 굴러다니는 까치 돌

섬을 주문하고 폭설을 받아
놀랐던 주말처럼 웅크린 영혼이 무서워서

불빛 밖에 서 있는 사람

사명은 우리 귀를 우걱우걱 씹는다
모두가 없고
편의점을 사야 한다

맨발이 오이 사러 거기 간다

핏줄에 아무 이력이 보이지 않네요

왜 이렇게 쓸어 모았을까
얼굴을
긁을수록 퍼런 시간이 일어난다

동서양 버려진 거리가 뒤섞여
돌은 결국 소실점으로 가고 있고

헐렁한 것이 단단한 것을 이긴다고 말하자 햇빛을 쳐 낸다
피와 뼈 호흡이 진한 은하의 살
우리는 돌의 살을 마야의 살이라 부르다가

분실한 핏줄처럼 버린다

온몸이 액션인 포장을 풀면
화석이 된 불꽃이 튈 것 같아 마음이 뛰어나갈 때

함께 튀어나온 역사는 아픈 것이 많고

떠오르는 것이 되지 않을 때 회전은 궤도만 돈다

돌은 어디로 사라지지 않으려

계속 감정을 만들고 형태를 만들고
세계를 두드린다

핏줄에 아무 이력이 보이지 않네요

무엇에 쓸까 굴러다니는 미간
오늘을 기웃거리다 거리로 던져진다

내부에 쌓인 고요가 천 년을 흔들지도

석수는
비대한 심장을 내려친다

휴게소

서쪽으로 가면 금방 외곽이죠
주유소 하나가 문을 닫았어요
평소에 그림자와 나란히 들어가 커피와 비스킷을 샀지요

슬러시 위 레몬의 증상은 베어진 육즙

소시지가 숨겨진 빵은
친절하게 소시지 빵이라
생각이 나란히 쉰대요

비 맞은 차창과 눈맞은 차창이
없는 대문을 나선 것처럼 스쳐 가

새 울음이 먼지를 툭툭 털어 갈아입은
리듬이 퍼져나가고

바퀴가 풍경을 길게 나열해도
출발은 절반이 너덜거려요

부어오른 차선에
즐거운 누구의 꿈인지 쏟아져 있고

욱하던 속도를 만지면 뜨거워서
털썩 녹은 멀미같이

사람들 어디로 가요

큰소리 노래에 술렁이는 버터 알감자와
바람 먹는 도넛이

새출발을 닦고 있어요

그림과 야생

나를 아십니까
초록 말 받아쓰며
다른 방향으로 목을 젖는다

따듯한 그늘을 외치다가
금지구역처럼 이파리 흔들며

기대가 서늘할수록
서로의 생존이 높다는 야생성

나무는 멈추지 못하여 달려가는 숲의 애착

새들의 고민 덤불을 뒤섞어
싸우면서 먹는 밥그릇 소리를 내고

내가 몰아온 길 어디까지 뛰어가

바위는 무게를 감아 안고

길옆으로 계곡을 흘리듯이

아무도 가꾸지 않아서
아무나 만족해도 그렇고 그런 문제 없이

두꺼운 녹색이 여행을 팔고 있다

숲을 놓아 숲을 기다리는 둘레의 기분은
행인을 기다리는 우산 장수가 보는 햇살같이

새털은 새를 염려하여 몇 바퀴나 돌았는지
가벼워서 멀리 가지 못하고

공원을 닮아가는
부리에 고도가 흔들린다

제3부

세렝게티와 공존하기

공원을 조립하자

기계는 영혼을 쏟아부어 상상의 둘레를 만든다 떠돌이 심
장들 옮겨심고 너덜거리는 가슴은 흙으로 덮어 뿌리를 내린
다 잎이 여는 입속에 세상이 차오른다 요일은 모르지만 아
침이 도착하고 손 없이 손뼉 치고 입 없이 긴 노래를 한다

우리가
자발적으로 잃어버린 순수를
화면이 다시 만들고 있다

옥상과 사람 사이
하늘과 사탕 사이

신은 그것을 찾아 세렝게티를 오간다

오늘의 체리는 다음보다 붉어지지 않아요

다음 역에서 내리세요
다음은 계단 앞에서
백두산이 마르고 닳도록
내게 손 내밀어 준 것 같고

오늘의 체리는 다음보다 붉어지지 않아요 다음은 겨우 나
비가 걸려 있는 깃발

다음 계단이 맞을 거예요 골목까지 꺾어 들어가세요 모퉁
이를 돌아서면 다음이 있을 거예요 체리를 따면 체리는 과
일이 되고 과일은 수만 개의 다음을 만들어요 다음 역을 세
다 여름이 가고 말았어요 다음이 알려진 건 별로 없어요 누
구를 별나게 좋아하는 것도 아니고 예언 신봉자도 아닌 것
같아요 새를 따라 멀리 가지 말고 걸어가세요 다음을 잃는
다면 치명적일 수 있어요 저 끝에 다음은 존재한다구요 무
엇으로 오는지 그것이 문제지만 다음은 저녁도 아니고 천둥
도 아니에요 다음을 예측한 체리는 예정대로 익어요 다음은
노래를 잘하고 빠른 걷기를 좋아해요 호기심 파란 토끼가

다음의 행방을 알려줄지 몰라요 계속 가세요

　다음은 언제나 크고 투명한 출구
　거울 놀이를 생각했어요 빛이 어지럽게 떨어진 길을 지나
야 했군요
　궤도를 건너가세요

　좌표는 없어요
　걷다가 모든 색이 빠져버린 그림자를 만나면
　수요일에서 목요일은 그저 넘어갈 것 같아
　평화의 기분이 되었어요

　다음은 꽃피기 좋은 날

　체리는
　밤을 지새우면
　어둠을 벗는 줄 알았고

다음이 뒤에 올 그를 위해 매미처럼 죽었군요

아무 일 없는 아침이지만
벌써 한 세계는 사라졌어요

다음은 저쪽에 살아요

제2부

A가 페이지를 넘긴다
B가 달을 먹는다

숲은 보이지 않고
산봉우리는 건전해 보인다

C가 말하는 지점에서 여러 사람이 우왕좌왕하며 지도에
없는 길이라고 항의한다
진주를 꿰어보느라 무릎이 나가는 줄 모른다

콧노래가 들리고
전망과 언덕이 서로를 밀어내는 외길에서

쭉 가면 된다는 D의 말에
허리를 숙이고 신선한 자세가 된다

애매한 슬픔은 아무도 눈치채지 못하도록
그늘로 슥 밟아주며

달도 완성은 없는 거라고 날마다 분주하게 뜬다

앞서가던 E가 돌아보자 오만 생각이
신호등에 걸린다 다시 1부를 경청할까 숭숭해지고

그런데 길가에 꽃들은 매우 예쁘다

얼굴을 보자마자 딴청을 피우다가
슬쩍 행인을 놓쳐버리는 꽃다발
여전히 1부를 벗지 않는 극장은
생생하게 3번째 희망을 끌고 다닌다

2부를 클릭하면 오로라가 극지를 이어 줄 것이라고

매우 순진한 오늘이 세레나데를 부르지만
2부는 결코 영화제목이 되지 못한다

타인처럼 나를 데려가

내가 맘에 들지 않을 때
모르는 길을 따라 빙빙 돌아 모임에 간다
타인처럼 나를 데려가
타인과 공동의 시간을 만든다

타인은 또 다른 k와 나일 수 있고
낯설다가
커피의 통로처럼 따뜻하다

여름과 극장 옆 주스 집 같은 이야기로 어긋나기도 하여서
빈 화분처럼 공중이 되고

잘 지내지

수면에 떠 있는 말을 건져 안부를 묻는다
손을 많이 사용하여 이야기를 하고

잃어버린 말은 찾지 못하고

시계처럼 동그랗게 앉아 돈다

근소한 차이로 k와 다른 길을 걸어
서로를 이해하기 위해 물을 꼭꼭 씹는다

가끔은 k와 같은 것을 먹고 같은 운동을 하며
파우더처럼 부드럽게 반갑다를 문지른다

악수가 길게 창밖을 바라보다가

비성과 가성을 섞어 다짐을 만들고
서로를 가슴에 심어 목이 탄다

다음에 또 만나
두 시선이 동시에 어깨를 걸어 나간다

멘토

환. 포도주 뚜껑을 버리지 말아요
블루에 걸린 새가 쏟아져요

신비는 수많은 무덤을 벗어난 여름이지요

가장 선명한 감각은 슬픔입니다

그때 성실한 꽃잎 하나
저수지에 떨어져 비명을 질러요
간단한 대화에 우주의 생애를 말하며 불의를 재촉하지 말
아요
젖은 두뇌를 말리는 대학로
비는 불편한 공간을 쓸어내려요

도무지 모르는 것들이 가득 차서
서로를 무성하게 불러요

마주 보면 공포에 가까운 물그림자 속으로

바닷가 마을이 사라져요 샤갈의 붉은 별도 사라져
식물은 식물의 죽음을 진화라고 말하고

풍경을 즐기다 죽은 화가의 경우
의미는 다친 새의 주름처럼
태어남은 한 공간을 먹어버린 사건
나를 먹어 치운 검은 봉지의 말투같이
언어에 감염된 사회성이지요

환. 핵심은 어떠한 경우에도 있나요

지구로 귀환한 아이의 오버드림처럼
사막을 열어주세요

텃습니다

엘리베이터에서 인사를 했습니다

좁은 곳이라 좁게 인사하고
한 줄로 서서
개가 짖어도 웃지 않았습니다
이웃에게
안녕하세요 묻고
대답을 기다리지 않았습니다

바닥에 떨어진
안녕하세요
밟히는 안녕하세요
굴러다니는
안녕하세요

휴대전화를 열어
맥박 심장 시선
모두 쓸어 넣고

삼켰습니다 일자로 내려갔습니다
집요한 침묵에
응고된 말이 창백해졌습니다

안녕하세요에 겹겹이 나를 싸맬 수 있을 줄 몰랐습니다

20층입니다

한 마음이 꿈틀거렸습니다
한 마음이 빠져나와
손잡이에 매달렸습니다
심하게 압축된 시간이 금속 같았습니다

숫자가 바뀌었습니다
서로의 방해를 풀 듯
안녕히 가세요
경계를 텄습니다

각주 없이 서로를 이해할 수 없는

무반주 노래가 들렸다 현관문이 열려 있고 잘 자란 잔디가 일어서 있었다 정원의 연결 통로를 거처 우리의 노래가 크게 들려왔다 갑자기 누가 사라진 상황처럼 요란한 비가 내렸다 퇴화해 가는 소파와 우리가 부비며 사탕 소리가 들리기도 했다 우리 모두 우리 속에 갇혀 있다는 걸 잊어 버렸다 함께라는 언어에 묻혀 아무도 강제로 묶여 있다고 느끼지 않았다 우리 물고기 우리 고양이 우리 백록담 얼굴은 없고 모자만 공중을 계속 돌았다 구간 조정이 되지 않는 우리는 새로운 코스모스 끈적거리는 도시의 띠 나는 네 곁을 고양이는 거문고자리를 뱅뱅 돌았다 각주 없이 서로를 이해할 수 없는 우리였다 새는 방향을 만들며 날았다 놓아버린 손들이 떠돌았다 생각이 사라진 줄 모르는 샐비어 씨앗을 꼭 쥐었다 함께 쓰는 신발장과 같이 믿은 물빛 커피잔이 수시로 다른 나라를 꿈꿀 때 우리를 빠져나간 파티가 신세계의 여러 골목을 만들었다

더 디자인

　기계의 뚜렷한 특징은 날씨와 관계가 있다 기계의 의지가 박제된 벽을 사과라 부른다 기계는 아무것도 모른 채 사과를 쫀다 아이가 끼어들고 기계가 역사에 끼어드는 아침이다 착한 사람이 한 승객으로 달려간다 기계는 뜻밖에 굴러가며 피아노 박쥐가 귀여워지는 이유를 배운다 집으로 돌아가는 길을 휘어지게 그리는 기계는 꼭 가로등을 골목 끝에 세운다 작은 창문은 반드시 닫아주지만 악착같이 물방울을 매달기도 한다 물방울은 맨발을 통과하고 매달린 의자를 흔들고 착한 사람 모형을 동그랗게 그릴까 예쁘게 그릴까 생각하며 배경으로 사람을 새긴다 잉어도 걸고 기린도 걸고 불행이 구분되지 않는 흰 언덕에 전시용 가족을 중앙에 건다 추상으로 그려진 나팔꽃이 일어나 전진하고 막 행복을 잡으려던 사람은 모르는 세상의 난민이 된다

화창한 사람

말이 사전을 쌓아 올린다

마주 접힌 두 볼의 먼지를 털며

아름답고 긴 아침을 생각하지 못하고
밀려드는 비를 쓸고 있다

고기의 비늘이 물의 잔해인 줄 모르는 것처럼

쓸모없음이라는
한 줄의 기록 없이 넘겨버린 오늘을

환하게 켜지는 불이
겨우 자라는 정수리를 하얗게 지운다

사전에 없는 일이 너무 많다 아래가 잘게 부서지는 날

숨소리가 깊어 표정이 닿지 않는 오후를

흐린 날이라 읽어주는 어린 불빛

강아지는 자연을 바닥에 끌며 간다

받아 모은 주말이 이미 넘쳐
쓰지 못한 요일은 미안합니다 그런 형식으로 말라가고

찌기도 삶기도 생으로 쓰기도
어려운 오늘을

그냥 대체로
화창한 사람이 잘 만들 수 있을까

매번 토요일이 반으로 접히는 이유 등

사심

하늘을 가둔 담장이 있고
밤이 눈에 갇혀 있지만

모두 사라지고 내가 지나간다 아우성과 장미가 없고 하얗
게 질린 밤은 쓰레기보다 멀리 굴러다닌다 얼어버린 노래는
바싹 목을 꺾고

눈은 주먹을 쥐지 않고 구석구석 검은색을 쓸어낸다

별이 버린 밤의 내레이션
먼 곳에 살던 내가 와
모르는 내게 국을 밀어
후루룩 소리를 얹어준다

먼 나라 눈구름이 따듯한 이상을 모으고 있다는

가로등에 맴도는 이야기가
뾰족한 바닥에 묻히지 않기를

수많은 내가 밖에 서 있다

서성이면 보이는 발견처럼

한발로 오가는 눈발들

모여든 내가
차가운 나를 감싼 기억이 한꺼번에 얼지 않는다면

추위가 덜덜거리는 오늘을 달래 볼 텐데

믹서

아침 해는
제 무게를 얼마로 생각하는 걸까
바다의 생각은 깊어져
1층의 중력은 혼과 절로 나누고
죽을 때까지 계단을 밀어 올린다

딱 한 층만 더

한낮을 밀던 태양은 길에서 죽을 거 같아
그늘을 만들고
오늘은 얼마지 어린 왕자를 찾아가 본다

무게는 과녁이 아니야
움직이지 않는데 발자국이 생기는 날
비 내리고 단단한 진흙이
교양으로 굳어가는 파문

미래가 흔들리는 연어를 주머니에 채운다

1층은 쉬지 않고 상류를 거슬러 야단법석 거센 파도를 밀고

　　기억에 없는 역사가 나올까 봐

　　뼈 없는 창을 흔든다

　　들판에 날리는 하늘의 입과 두 팔을 생각하며

　　오늘이 다시 어깨로 쌓여

　　기울어진 방향은 영차영차 돌아간다

소낙비는 매우 뾰족하여 규칙대로 읽을 수가 없네

꽃은 서둘러 즐거움을 접네

벗어놓은 손금에서 우물이 쏟아져
장마를 끌고 오네

가시별을 해석하려
수학을 수학하는 규칙은

표류하지 말고 피어라 제발

달라진 거 없는 발바닥 아래
별이 떨어지네 동주가 사는 집 타오르네

동전은 전갈을 푸는 중이고
벌레도 앉지 않는
여름 아이가 서성이는
쪽문은 귓속으로 햇빛을 욱여넣네

이국의 오한은 사고와 사고의 충동이어서

신발 옆에 팽개친 아라비아풍 접시가

고국 없는 장미를 새기면

소낙비는 매우 뾰족하여 규칙대로 읽을 수가 없네

내게 무슨 비결이 있는 것처럼

강아지는 왜 옷을 입히는지 킁킁거리네

지구는 공회전을 취미로

오늘을 버리지 못하고

상투적인 당부와 서로 다른 세계를 쥐고 계속 굴러가네

바람개비

바람이 어깨에 매달린다

하늘과 땅 관계는 몰라도

그네가 날개는 아니라도

중력을 넘어본다

공중을 차보고 찔러보고

앞서가던 신발이

내 앞의 주문으로 서 있다

손잡이가 빠졌거나 아예 없는 지구 밖에 누가 있나

인기척을 찾아

새파란 나뭇잎 직립하며

너머를 보면 너머도 비슷해서

스릴러의 두드러기를 씻는다

저항이 원이 될 때까지

계속 돌아야 원을 이루나

어른은 구를 닮아간다

어른 느낌은 아직 벌렁거리고

원이 자른 빛이

새 바람개비 만든다

같은 꿈을 또 꾸다 눈을 감지 못한
길쭉한 마음을 모자처럼 쓰고

시야는 조건이고
나머지는 알 수 없다로
다 묶어서 내일이라며
대대로 물려준다

환상 궤도

과일나무가 서 있네 어둠이 덮이는 대로 행성이 되네 어
둠은 팔을 잡으며 다가가네 과일나무는 스스로 오지를 만들
고 어쩔 줄 모르네 다른 것을 모르는 과일은 장님이군 생
각하네 어둠이 주춤거릴 때 과일은 행복에 손을 올려보네
흉터를 몽유처럼 보내주네 가지를 흔들어 전설의 북소리 불
러보네 어둠이 무서워 과일은 호랑이 눈을 하네 지나가는
별을 따라 몇 발짝 뛰어보네 꼭지에 묻은 해를 풀어보네 뱀
에게서 과일을 지켜 낸 나무는 계절을 벗으며 피가 붉어지
네 움푹 솟아오르는 궤도였네 징징한 소문은 빠르게 건널목
을 건너가 골목은 밀림으로 채워지네 과일은 오래된 기도,
빈 아이스크림 막대기 전등에 매달리네 모두 자연으로 엮어
야 하는 저녁이네 오늘도 사소하게 검어지는 밤이 오네 주
말에는 얼지 않기를, 여분의 피가 과일을 타고 오르네 창을
열지 않아도 어둠은 떼로 몰려들고 뜨거운 우유를 불어 절
벽을 건너보네 높다란 곳에서 집으로 갈래 과일이 떨어지네
괜찮아 어둠은 검은 땀을 흘리며 행성을 수호하네

제4부

잠시 체리 향을 돌아온 것 같은데
다른 집이라는 생각이 묻어 있다

손끝을 붙여본다

겨우 몸을 만난다는 느낌

낡은 지문은 즐거워서 속아버린 폭설

바삭거리는 소리가 직선 위에 뭉친 열차 같고

휘어지는 체온을 맞잡아 표정이 될 때

생각이 다른 곳은 매직으로 찍어둔다

손바닥을 맞추려다 끝내 부르터진 슬픔처럼

뉴턴으로 어디로 가는지

한 손은 감정이 빠르고 한 손은 실행이 빠르다

검은 점은 날개가 빠져나간 문

절대 변하지 않는 문양을 가졌으므로

지문만 지켜보는 검지는

슬플 때 가장 먼저 달려가 눈물 닦아준다

젖은 손은 감정이 그렁해서

주머니 없는 옷은 사지 않는다
세 살처럼 흔들리는 손 때문에

친한 사람을 만난 것처럼
그림자가 뛰어드는 뒷주머니

주먹 풀린 손에 체온을 채우고
시린 다섯 개의 손가락이 서로를 쓸며
축축한 집이 된다

가끔 구운몽을 꾸기도 하지만
무엇을 기억하고 기다리고

왜인지 모르면서
엉거주춤 주먹을 쥐고 다시 풀고
입 가득 절규를 물고 있다

빛이 들면 싱긋 웃는 빈방

마음 없이 악수를 청하여
이해를 남발하던 저녁
주머니 속에서 꼼지락거리던 미안

뼈만 남은 명함이 오랫동안 울컥거리면
표정부터 불룩거리는 주머니

돌아선 지인처럼 동네를 여러 바퀴 돌아서 간다

때로는 빈속을 탈탈 털어
속을 뒤집기도 하지만

집으로 돌아가는 길
두 손 깊이 찔러 넣고 간다

파충의 시간

휴일을 기다리는 사람이었다 갑자기 쏟아진 휴일에 빠진 사람이었다 금요일이 좋아 골목처럼 목이 길어지는 사람이었다 정오는 너무 빨라 아침을 잊어버린 사람이었다 1일 2식의 장점을 설명하던 사람이었다 짙은 녹색 속으로 들어간 새가 몇 분 만에 나가는지 몇 마리의 친구가 오가는지 관찰하는 사람이었다 그동안 식탁 위에 팥빵과 커피 음악이 식어 갔다 브라운을 좋아하는 것은 커피 때문이라고 여러 번 말했다 기계 소리를 무척 싫어했다고 귀를 잃은 이유라고 말했다 꿈을 믿지 않지만 꿈 때문에 가끔 웃는다고 말했다 운동은 바닥을 버릴 때의 습관이라고 말했다 자신은 환속을 꿈꾸는 사람이라고 소개했다

리어카는 찌리릭찌리릭 골목의 완성을 도왔다

노란 그림 입구에 여행자의 줄이 계속 길어지고 있었다

첩첩

어제가 잘못 넘어갔다 해도 선수가 있고 토요일이 있고 자갈이 있고 오늘을 말하는 사람은 파릇파릇 달려간다 풍경이라 말하는 사람이 있고 파고만 먹는 사람이 있다 그림자 사이에 대교를 얹고 난간이 빛을 걸쳐 더 추상적인 생명을 말하는 사람이 있다 사냥당한 짐승을 그리는 사람이 밀고 오는 사이프러스와 하얀 대리석 위에 뼈만 남은 음악을 만든다 손금으로 도주하는 사람이 있을 때 우는 새처럼 오늘이 범람하면 총명한 아침이 들판을 열고 닫는다 더 이상 내일이 움푹 파이지 않도록 일기를 조절한다 깊이 생각하던 말들이 여름으로 솟구치는 환영을 불러온다 역광의 모서리에 꽃과 새와 물고기 진부한 것들이 모여 흔들리고 성과를 내고 매일매일은 사는 연습 중이다 체온을 보호하는 법과 밥은 선의에 가깝다고 몸으로 배운다 비번 없이 비호 없이 누구나 다스릴 수 있는 어깨는 위로 올려 둔다 거리마다 무지개를 그리는 사람의 기분이 빠져나온다 매번 어제를 잘못 넘긴 그는 비현실적인 사람이 아니다 그의 그림자 첩첩 자생력이 질기다

가끔 단편

화단을 포장하는 사람이
오후를 뱅글뱅글 돌린다

볕은 정의가 실행된 것처럼 나무에 앉는다

오래된 동네에서 아이가 빠져나와
사람들은 깃털입니까 이런 미열의 생각에
새 동네를 기웃거린다

산책하는 유리를 바라보며

아이가 넝쿨처럼 가는 손을 내민다
새 동네는 잠시 방긋하고
손을 버린다

그늘은 섰다 가고 앉았다 가고
시소가 비어서 아이의 이야기는 휘청거린다
구름과 장미와 화단은 커피를 들고 돌며

새 동네는 저들끼리 산다

버려진 의자는 다리에 든 멍을 쓸어내고
새 동네는 서로의 태도를 세워주며 올라간다

기억은 가끔 날개가 되고 반은 곰팡이가 피어
꽃들의 대화는 집요하게 어긋난다
벤치는 아이의 이름을 잃어버린 척 감정을 주절거리고

동네는 무리 지어 몰려다닌다

아이는 놀이공원에서 아이를 찾아볼까 생각한다

새 동네는 매우 엄숙하여

과거의 아이는 아이를 만나지 못하고 101동을 본다
기억만 우동 그릇 노란 별로 뜬다

죠는 훌륭하니까

눈을 처음 본 날
하늘은 이런 폭죽을 여기만

강가에서 발견되던 오팔이나 루비 가루 같은 볕을 보며
불운은 날아가고 상상하던 나라에 왔음을 의심하지 않았
습니다

마마가 심은 행운이 뼈를 타고 올라와
남은 운명을 열나게 비볐습니다

스치는 사람들 다정하고 이제 믿음을 의심하지 않겠습니다
심장이 창밖으로 나와 뛰었습니다

저녁은 레몬처럼 떠다녔고

판도라 속 희망을 만나는 날은 바로 오늘이라 생각하며

밥그릇 사이로 경적이 지나갔습니다 찬밥도 눈보라도 이

제 자신과는 관계가 없다고 죠는 터지는 웃음을 숟가락으로
막았습니다

　검은 계곡을 빠져나온 사람처럼 허둥지둥 가방을 메며
　이제 축복 속으로 스미면 되리라
　죠는 찌개 그릇 너머로 은밀한 미소를 밀었습니다

　돌아갈 주소를 어둠에게 던지면 풍덩
　명랑한 기적을

　받아적은 번호로 전화를 걸었습니다 신호음이 한참 울고
심장이 다시 울렁거렸습니다 마중하기로 한 사람은 "지금
바쁜데 기다려" 짧게 말하고 끊었습니다
　소름이 몰렸습니다

　여기서 얼마나 가야 하는지 얼마를 기다려야 하는지 물어
보기라도 할걸
　창을 비켜서니 별이 드문 보였습니다

벽을 기대 웅크리고 바람을 피했습니다
뭐지뭐지
집도 따로 있고 더운물에 끼니와
일도 쉽고 인심도 후하다고
박 씨는 얼마나 열을 올렸는가

검은 불안이 무더기로 떨어졌습니다

차는 부직포가 깔린 마당에 섰습니다 운전한 사람은 턱으
로 "저기 아저씨 방" 덩치 큰 사람은 어둠 속으로 사라졌습
니다 그때 놀란 짐승 소리가 소와 개와 돼지인 줄 아침에야
알았습니다

죠는 수십 마리의 소와 돼지를 돌보는 사육사
외딴집 아저씨

외국어와 모국어를 가축과 주고받으며

무서운 적막을 설탕에 찍으며 설탕처럼 웃으며

축축한 일기를 증오할 수 없었어
삐거덕거리는 소리에 혁명을 지워갔습니다

겨울마다 동파된 꿈을 비닐로 덮고 발로 밟았습니다
거름 냄새가 역하게 올라왔습니다

익숙해진 젓가락이 검은 밤을 휘저었습니다

죠 죠
죠는 죠라고 죠에게 외쳤습니다

시계는 르네상스식 건물에서

한 무리가 한 무리를 향해 걸어간다
계속 걸어간 한 무리가 시속에 소멸해

해바라기 잔해가 청동 돔을 부풀어 올리고
푸른 녹이 도착하는 무리를 내린다

역사는 언제 도착할까

커다란 나비는 성향이 바뀌지 않아서 장식이 되고
무뎌진 시계는 가도 가도 책의 외벽

말을 탄 한 무리는 집으로집으로 그 말만 하며 갔다는 소
식이 있고
청동 돔은 눈에서 눈보다 더 먼 곳에 산다

한 무리는 벽을 벗은 공원에 쉬고

초식의 무리를 떠난 한 무리는

시계가 자정으로 변모한 조형물 아래서

화병처럼 목을 빼고 있다

걸어가는 것이 부패하기 시작하고

한 무리가 커브에 부딪혀 납작해졌다가 회벽처럼 근질거
린다

걷는 것이 버거운 식물은 다시 식물로 살고

시계는 세계를 지향하는 기구

건물이 걸어가고 한 무리가 따라 걷고

갓 태어난 곰이 버려진 서정을

마디마디 붙여본다

죽은 손의 후기

집을 열고 팔을 빼낸다

점점 길어진 손 때문에
춤은 비틀거리고
모래는 하얗게 노래만 읽는 중이다

돌아가면 집을 용서하자 싶은데

세계는 짐이 엉켜
온전한 네 증언은 툭 흩어진다

울렁거리는 공중을 양손 짚고 간다

따스한 기억을 중얼거리는 굳은 마디가
온종일 썰물에게
빛을 갈아 흰 가루를 먹인다

때로는 죽은 나무처럼 때로는 짐승처럼 달리며

몸살이 하는데

누군가의 손길이
나눠 가진 낯빛 다독이면

뒤에 가는 저 손 찾아보고

그때 별을 얹고 살던 지붕처럼

집이 자랄 때까지
포도알 꾹꾹 눌러준다

퍼즐

무엇이 되려고 그러니
등에 이름을 붙이며 사람이 될까

어둠을 동쪽으로 몰았는지
새벽은 앉을 곳이 없어
계속 흐린 날이네

이름이 몸을 당겨 보네

한 구석이 지워지고 한 어깨가 일어서네

내가 불러낸 내 이름은
반쯤 내가 되고 반쯤 물이 되고

공원에 가득한 시민 잔치 죽음 모여드는 비둘기를 세면
저녁이 오네

주머니에 담은 불룩한 것이 꿈이라 생각하며

집을 그려 넣네

슬픔을 울지 못한 그때처럼

그림책을 잘라 누대의 사랑이라 쓰고 내게 주네

다리 없는 비에게 모래를 깔아주고

사람이 되었다가 사람들이 되었다가

여기 구름은 얼마나 모이면 우나요

입 짧은 그림은 변함없이 웃네

아이는 낙원을 꿈꾸었지

바다가 넘쳐 천사를 버리는 날이 있다

발가락 대신 지느러미를 끼우다가 어디에 살든 지옥은 내
가 만들었다는 사실에
내가 저쪽만을 꿈꾸었다는 사실에 울 수도 없다

여름을 비유하는 새가 계속 운다

내가 버린 것이 몰려다녀
잠들 수 없는 아이가 다시 아이가 되려 떠돈다

사라진 식물이 도시를 질겅거리며
그림자는 더 검어져 슬픔마저 마실 수 없다

물에 잠긴 나라는
이제 박물관에서 뵙겠습니다
메시지를 보내고 거품을 쏟아낸다

해류와 난류가 부딪쳐

대류에는 깨진 밤이 수두룩하고

무더기로 떨어진 흰 달을 짖어대는 여름

녹아내리는 대기의 파편을 맞을 수 있으니 외출을 삼가
세요

부어오른 화면이

쏟아지는 비의 유골을 수습하는

레퀴엠을 따라간다

지구는 북극의 난간에 매달려

액션이 아닌데 외마디 잔해를 끌며

바다가 서쪽으로 눕고

반 익은 혼들이 낙원인 줄 알고 따라간다

아고라

모래를 밀어내고 계란을 꺼낸다 죽은 비명이 푸드덕거린다

바닥에 무릎을 세우며 꽃잎은 빙빙 돈다

누구세요 이름만 밀려가고 밀려오는 광장
꽃의 저항에 우리가 바래고 노래는 날아다닌다

무심코 밟은 모래가 귀처럼 일어나

어느 날의 기념일은 누군가의 결석처럼
가슴으로 깊이 들어가
꽃 없는 나무는 트랙을 돌고 돈다

풍선은 사람을 위안하며
위험한 모순을 열거하다 우연으로 버무리고

비는 비에게 하늘 말을 하는 걸까 쿵쿵거린다

꽃이 피면 기억으로 우리를 처리해 주겠지만 여름밤을 첨 벙첨벙 덮어준다

터진 달을 물고 가는 고양이와
서로의 이마를 꿰매주는 새처럼 앉아
돌아오지 않는 나를 기다린다

설교가 닳아 기울어진 운동장
청중이 돌아선 것이 아니라

우리 그만 돌아가자고
이명이 밤을 달랜다

위험한 표제

세포가 열린다

자유여행을 추천한다
종이의 기호는 흔들리지 않는다
미행을 알고 있는 포자처럼
눈 뭉치는 함께할 수 없어 녹아내린다

오르막이 산을 이리저리 굴려보는 오후
시선은 단지 얼굴의 바람잡이로
눈방울은 매우 상식 문제로 긴장한다

우산은 구름의 짧은 입술처럼
밑줄을 그으며
비유를 만들어

설명은 타고난 데이즈
I와 r의 성장기가 컵 속을 맴돌고
RH- 피가 창의성을 밀어붙인다

오감의 화단에서 사각지대가 사라지기를 바라면서

쉴 새 없이 흐르는 도시와 사슴과

여러 하류가 뭉쳐

성능이 떨어진 낙원에 풍선을 데려다 심는다

길던 열대성 울렁증이 밀려가며

무심코 표제는 쥐락펴락 우리를 흔든다

예쁜 내용의 잔뿌리처럼

다음 봄은 빠르겠지요

손길을 거부하는 우림지가 우뚝 서 있다

손님

문을 두드린다 들어오세요 작은 소리가 들린다 손님은 고마워서 웃으면서 고개를 숙인다 숙인 끝에 서로 인사를 나눈다 손님을 부른 사람이 손님을 안내한다 의자 끝에 앉아 앞을 기웃거린다 편하게 하시면 되겠습니다 뒤로 앉지 못하고 의자를 당긴다 차 드시겠습니까 생각으로 멀리 가지 마세요 고민은 주로 돌아가는 길에 깊어집니다 손님은 내용이 몇 줄 되지 않습니다 현대성이 떨어진다고 볼 수 있지만 뭐 좋습니다 다양한 스펙은 편리하지 못할 수도 있지요 우리는 우리가 정한 자료로 손님을 평가합니다 평범함과 단순함이 문제의 사항은 아닙니다 없는 것이 많은 손님에게 우리가 필요하죠 손님은 우리의 표준 고객입니다 표준 약정을 읽고 약속을 지켜주시면 고맙겠습니다 약속을 어길 시 불이익이 있습니다 압류라든가 눈동자로 벽까지 밀어붙인다 앞 사람이 들리지 않게 침을 삼킨다 사인이 끝났습니다 손님은 이제 마음껏 이 세상을 사용하셔도 되겠습니다 그럼 약속을 잊지 마시고 음 그럼

무의미를 살아내기 위하여

박동억

무의미를 살아내기 위하여

박동억

(문학평론가)

1. 침묵의 불가능성

침묵은 제도의 산물이다. 오롯이 방 안에서 누릴 수 있는 고독한 고요는 사회적 제도의 산물이다. 건축업자와의 계약과 소음으로 침해받지 않을 법적 권리와 시민 사이의 도덕적 합의로 인해서 침묵은 가능하다. 그렇게 문명인은 자연을 단절하는 공간을 발명한다. 침묵은 개인의 안전과 소극적 자유를 보장하는 제도의 결과물이다.

예술의 난해성 혹은 무의미 또한 마찬가지다. 그것은 예술이라는 제도의 산물이다. 형체를 전혀 알 수 없는 대상을 그린 추상화나 무슨 말인지 전혀 알 수 없는 실험시를 떠올려 보자. 그것은 독자에게 해석되지 않음에도 '말을 건네는' 하나의 작품으로 인정된다. 이 승인이 가능한 이유는 하나의 작품을 작품으로써 인정하는 제도가 존재하기 때문이며, 그 제도는 미술관/출판사-대학 제도라는 토대와 평론가의 비평이라는 출입구와 감상자의 관습적 합의라는 안전망으로 이루어진다.

따라서 상당수의 현대예술이 지닌 가치는 실상 작품 자체의 예술성보다 예술적 제도의 정교함에 빚진다. 예술-제도는 난해하고 실험적인 예술을 상찬함으로써 상징자본을 만들어 낸다. 예술을 부정하는 예술이야말로 가장 예술에 이득이 되는데, 왜냐하면 그것을 승인할수록 예술의 영토는 넓고 너그러우며 공고한 것이 되기 때문이다. 다름 아니라 냉전체제 동안 프랑스나 미국에서 어린아이가 그릴 법한 그림을 미술관에 전시하는 것이 자본주의 진영이 사회주의 진영보다 더 '자유로운' 세계임을 증명하는 데 효과적인 전략이었던 것처럼 말이다.

일차적으로 우리는 이효림 시인의 시가 현대예술 혹은 '자유로운' 예술의 관습에 속한다는 사실을 깨닫는다. 그의 첫 시집 『명랑한 소풍』(북인, 2014)과 두 번째 시집 『위대한 예측불허』(한국문연, 2020)를 거쳐 이번 시집에 이르기까지 일관되게 그 의미가 독자에게 전달되지 않는다. 이 난해성은 의도된 언어의 침묵이라고 표현할 수 있다. 작품에서 지시하는 대상이 무엇인지, 시의 주된 정조가 무엇인지 극단적으로 모호하다. 의미를 알 수 없는 것. 따라서 우리는 그의 작품에서 의도된 형식을 '무의미'라고 직관적으로 명명할 수 있겠는데, 이 용어를 사용함으로써 우리는 김춘수나 오규원처럼 문학사에서 무의미시를 추구했던 시인의 사례 또한 떠올릴 수도 있겠다.

간단히 말해, 이는 실험시가 지닌 가치를 작품 내적으로 논증하기 매우 어렵다는 사실을 뜻한다. 그러나 나는 이 진술을 곧바로 부정해야 한다. 좀 더 깊이 사색하기 위해서는 지금 불가능했다고 단언한 방식, 즉 작품 분석으로 되돌아갈 필요가 있다. 왜냐하면 앞서 소개한 김춘수나 오규원 시인 같은 무의미시의 선례가 근본적으로는 무의미에 도달하는 데 실패했으며 도리어 실패했기 때문에 문학사적으로 고유한 위치를 점하는 예시이기 때문이다. 다시 말해 어떤 시인이 아무리 무의미한 진술을 만들어 내고자 하더라도, 그의 언어에는 끝내 지울 수 없는 의미의 잔여가 남기 마련이다. 설명이 조금 복잡해졌는데, 지금까지 암시한 실험시에 관한 독법은 세 가지라고 할 수 있다.

1) 순진한 내재비평 : 실험시를 꼼꼼히 읽어나가며 그 의미를 파헤치다가 끝내 모두 분석되지 않는 시 작품의 신비로움을 상찬하기.

2) 신중한 제도비평 : 실험시의 내재분석에 거리를 두고 대

신 한 작품을 제도적으로 승인함으로써 생산되는 상징자본을 탈구축하기.

3) 냉소적인 징후비평 : 창작자가 의도했던 형식의 실패를 선언하고, 창작자가 의도하지 않았던 고유한 내적 형식을 재구축하기.

그리고 이 글이 최종적으로 도달하고자 하는 독법은 세 번째 징후적 독법이라고 할 수 있겠다. 누군가 어린아이처럼 천진하게 행동하려 해도 어른스러움을 완전히 벗어던질 수 없듯, 어떤 시인이 천진한 어린아이처럼 증언하거나 아예 인간성을 벗어난 것처럼 '순수한' 시를 창작하려고 했던 모든 시도는 실패하기 마련이다. 마찬가지로 이효림 시인의 시는 실험적이고 난해한 형식을 지향하지만, 실상 작품에서 의미의 잔여를 완벽하게 지우지 못했다는 선언으로부터 이 글은 시작한다. 따라서 이 해설은 두 단계를 거친다. 먼저 '왜 그의 시는 난해한가', 그다음 '이 시집의 주제는 무엇인가.'

2. 난유亂喩와 사회적 언어의 거부

우선 이효림 시의 모호성을 파악해 보자. 왜 우리는 어떤 시를 '난해하다'라고 판단하는 것일까. 직관적으로 해석할 수 없는 문장, 무의미한 표현을 접하게 되면 우리는 그 작품을 읽기 어렵다고 느낀다. 미학자 카를 로젠크란츠에 따르면 한 공동체에는 공통의 이성적이고 도덕적인 기준이 있다. 그리고 그 기준에 부합하는 것을 아름답다고 느끼고, 기준을 벗어난 것을 추하다고 느끼기 마련이다. 로젠크란츠의 분류법에 따르면 '난해하다'라는 판단의 경우 추醜에 속하며 특히 '몰취향적인 것(Das Abgeschmackte)'에 해당하는데, 몰취향적인 것이란 "인과율에 대한 이유 없는 부정을 통해서 오성에 모욕을 가하고, 그리고 여기서 비롯하는 무연관성을 통해서 상상에 모욕을 가하는 형태"라고 할 수 있다.* 그렇다면 난해한 시는 언어의 일반적인 '인과율'을 벗어난다는 뜻으로 이해할 수 있겠다.

> 사과의 위치까지 사과를 당기고 있습니다
> 유토피아의 미래까지 물을 당기고 있습니다
>
> 사과가 자라면 위치는 달라집니다
>
> 나무는 오물오물 정식을 먹고
> 잘 차려진 해와 등등
> 살이 오릅니다

---

* 카를 로젠크란츠, 조경식 역, 『추의 미학』, 나남, 2008, 313쪽.

사과라는 세상은 천 년을 싱싱해서

태양의 항해를 의심하지 않습니다

열매에서 만화가 흘러나옵니다

새가 돌아와 감정이 화창하여도

품종개량에 대한 특별한 설명이 이어지고

누가 먹고 먹히는지

벌레는 과일 집을 따라갑니다

달려 들어간 세계가 사과 속이라서 다른 세상입니까

주문 없이 열리는 새장처럼 톡톡 쳐보지만

음을 모르는 나무의 친척이 연주를 합니다

엇나간 가지를 위한

그런 생각은 멀리서 올까요

단맛이 모자라 돌아선

매달린 기억만 떨어지면 열리는 출구처럼

사진 가득 양지를 매달아

커다랗게 웃습니다

—「변형」 전문

　처음 마주하게 되는 작품인 「변형」이다. 이 한 편의 시를 정교하게 설명함으로써 시집 전체의 난해성을 해명할 수 있겠다. 이 시는 왜 읽기 어려운가. 첫째로 언어 사용에 일관성이 없기 때문이다. 첫 연은 "사과"와 "유토피아"를 병치은유하는 것으로부터 시작한다. "사과의 위치까지 사과를 당기"듯 "유토피아의 미래까지 물을 당기"고 있다. 구문상의 유사성을 통해 자연스럽게 '사과는 유토피아'라는 연상은 가능하다. 이러한 해석은 "사과라는 세상은 천 년을 싱싱해서"라거나 "달려 들어간 세계가 사과 속"이라는 표현으로 뒷받침될 수 있다. 사과는 시인이 상상하는 유토피아의 상징물인 셈이고, 순서를 바꾸어 읽으면 시인의 유토피아는 사과를 통해 연상되는 단맛과 붉은 윤기의 활력으로 가득한 '천 년의' 세계인 셈이다. 하지만 이러한 해석은 불충분하다. 왜냐하면 "열매에서 만화가 흘러나옵니다"라는 독특한 이미지나 "품종개량에 대한 특별한 설명"이라는 과학적 어휘가 앞서 설명한 맥락과 무관하기 때문이다. 예상 불가능한 표현이 의미화를 지연하거나 중단시킨다.

　이 시가 모호한 두 번째 이유는 분위기가 불분명하다는 것이다. 이 시의 주된 감정은 무엇인가. 사과가 자라나고, 그것이 천 년이나 싱싱하며, 작품 말미에 "커다랗게 웃습니다"라는 표현이 제시되는 것으로 미루어 보아 이 시의 정조는 기쁨일 수 있겠다. 하지만 "새가 돌아와 감정이 화창하여도/ 품종개량에 대한 특별한 설명이 이어지고"라는 표현은 기쁨이 다른 감정으로 변화할 수 있다고 예감하게 한다. 또한 "누가 먹고 먹히는지"와 같은 시구는 먹고-먹히는 관계에 대한 두려움을 상기한다. 기쁨과 불안이라는 상반된 감정을 동시에 떠올리게 하므로 이 시의 분위기는 불분명하다.

마지막으로 대상과 배경이 모호하다. 이 시의 창작 배경이 되는 장소나 창작 대상은 무엇인가. 본래 시는 현실의 구체물뿐만 아니라 타인과의 관계나 내면의 욕망을 소재로 다룰 수 있다. 「변형」의 '사과' 또한 현실의 사과가 아니다. '사과'는 유토피아에 대한 욕망을 상징한다. 하지만 앞서 설명했듯 언어 사용에 일관성이 없고, 정조가 불분명하기 때문에 유토피아에 대해서 시인이 어떠한 기대를 표현하고자 했는지는 모호하다. 시인은 외딴 낙원에서 자유롭고 싶은 것일 수도 있고, 아니면 낙원에 도달하지 못하는 아쉬움을 표현하는 것일 수도 있다.

이렇게 수사학적인 일관성을 해체하고 낯선 비유를 활용하여 모호함을 중대하는 시 형식을 난유亂喩라고 부르기도 한다. 간단히 말해 이효림 시인의 시는 난유를 활용하기 때문에 모호하다. 그런데 곱씹어 보아야 할 사실은 난유가 사용하기 어려운 표현 방식이라는 점이다. 그 이유는 난유가 복잡하기 때문이 아니라 그것이 그 무엇도 사랑하지 않을 때만 가능한 형식, 로젠크란츠의 표현을 따르면 '몰취향적인 것', 즉 어떤 취향도 가지지 않을 때만 가능한 형식이기 때문이다. 난유는 인간 본성을 배반한다. 언어는 근본적으로 표현하고자 하는 욕망의 산물이다. 시 쓰기는 자신이 어떤 사람인지, 이 세계를 어떤 눈으로 바라보는지 표현하려는 욕망이다. 반대로 난유는 소중한 것을 소중하게 발음하려는 욕망을 배반할 때만 가능하다.

「변형」이 놀라운 이유는 그 무엇도 사랑하고 있지 않은 듯 말하고 있기 때문이다. 이 시는 유토피아에 대해서 말하고 있지만, 유토피아를 간절히 발음하지 않는다. 무엇보다 유토피아로 '향하는' 시인의 신체가 없다. 단지 저 '사과-유토피아'로 기어가는 '벌레'를 담담히 바라보고 그 세계의 단맛이 충분한지 질문을 던지는 목소리만이 있을 뿐이다. 본래 세상을 냉소하는 시인조차 자신의 언어를 사랑하고, 그렇기에 시 쓰기는 곧 자기 세계를 견고히 세우는 과정이기 마련이다. 그러나 이효림 시인은 하나의 영토를 이루려 하지 않는다. 다만 언어의 파편을 흩어놓는다. 난유의 형식은 세계에 대한 냉소인 동시에 자기 언어에 대한 냉담함이기도 하다.

이어지는 「어느 알의 최선」 또한 난유의 형식을 취하고 있다. "은하 밖"에 대한 우주적 상상력, "인큐베이터"라는 병원

127

공간의 이미지, "밑그림을 못 그린 난민"이라는 이국적 표현을 오가는 표현에 일관성이 존재하지 않는다. 이러한 이미지는 세계로부터 외딴 존재로 자신을 표현하는 듯하고 따라서 '고독'의 정서를 드러내는 듯하지만 "별안간 빛이 간지러워/ 레몬 소리를 내면서 인사를 건네면서"와 같은 시구와 "참 아름다운 행성을 기원한다"라는 결구에서 다정함을 느낄 수 있다. 정서의 일관성이 존재하지 않기 때문에, 시의 주제가 명확하지 않다. 그다음 작품에서도, 아니 시집 전체에서 이러한 형식은 반복한다. 그렇다면 이러한, 이렇게 모호한 형식으로 창작하는 이유는 무엇일까.

사랑이 감염되지 못한 잎에 장미의 감정은 한 점도 없고 가슴만 치열하게 피고 진다 우발적으로 꽃말을 지은 사람은 죽고 없지만 장미를 부르면 맹세를 먼저 한다 너울성의 사랑을 삼킨 건 장미가 아니고 장미는 장미로 살뿐 사람이 점령한 세계는 오독이 많다 그럼에도 당신이 좋으면 좋겠다

—「페루의 오리처럼」부분

오늘 밤 다락은 무수한 창가
달은 헌 운동화에 발을 넣고
계단을 걷는다

어떤 소명은 작은 문장으로

새 나라가 되려고

목가적인 학교가 서 있고

배고픈데 태어나지 않는 소행성과

페르소나의 울음을 풀지 못한 사람들 새벽잠을 버린다

떨어진 배꼽이 쓸모없는 줄 모르고

울다

거기서 여러 번 꿈을 꾼다

신도 모르는 언어로

　　　　　　　　　　　—「다락이 정물화가 되듯이」부분

풍경을 즐기다 죽은 화가의 경우

의미는 다친 새의 주름처럼

태어남은 한 공간을 먹어버린 사건

나를 먹어 치운 검은 봉지의 말투같이

언어에 감염된 사회성이지요

환. 핵심은 어떠한 경우에도 있나요

지구로 귀환한 아이의 오버드림처럼

사막을 열어주세요

—「멘토」 부분

　언어에 대한 시인의 인식을 해명하는 시구를 차례로 발췌했
다. 「페루의 오리처럼」은 '장미'에 대한 명명이라는 소재를 다
루고 있다. 사람이 장미에게 '장미'라는 이름을 붙인 순간이
있었을 것이다. 이름 붙여 기억할 만큼 장미가 소중했을 것이
다. 그러나 사랑은 인간의 감정일 뿐이다. '장미'라는 이름을
장미가 받아들인 것도 아니다. "너울성의 사랑을 삼킨 건 장미
가 아니고 장미는 장미로 살뿐 사람이 점령한 세계는 오독이
많다"라는 진술은 곧 사람의 사랑이나 명명이 장미와는 무관
하다는 반성 인식을 드러낸다. '장미는 장미로 살 뿐'이지 사
람의 언어와는 무관하다. 사람의 언어 행위는 자연에 대한 '오
독'에 지나지 않는다. 이는 생태학적 관점에서 인간중심주의
를 반성하는 시구라고 할 수 있다.

　「다락이 정물화가 되듯이」는 공간적 상상력이 두드러지는
작품이다. '다락' '달' '새 나라' '목가적인 학교' '배고픈데 태어
나지 않는 소행성'과 같은 외딴 장소의 이미지가 차례로 제시
되면서 고독한 몽상의 분위기를 자아낸다. 동시에 이 작품은
시인이 몽상하는 언어에 관한 두 가지 진술을 제시한다. "어떤
소명은 작은 문장으로/ 새 나라가 되려고"라는 시구에서 시인

의 '소명'은 '새 나라'가 되는 것으로 선언된다. 이는 그의 언어 행위가 하나의 독립적인 세계를 창조하는 실천이기를 바라는 의미로 읽힌다. 또한 시인은 "신도 모르는 언어"를 꿈꾼다고 쓴다. 즉 시인이 몽상하는 것은 절대적인 비밀로서 '나의 언어', 요컨대 내면을 소유하는 것이다.

마지막으로 「멘토」는 사회적 언어에 대한 거부의식을 "나를 먹어 치운 검은 봉지의 말투같이/ 언어에 감염된 사회성"이라는 표현으로 명시하고 있다. '사회적 언어'라는 표현을 연역한다면, 시인은 사회적 언어가 '나'를 '먹어 치우는' 것 혹은 '검은 봉지'처럼 억압하는 것으로 여기고 있다. 더 나아가 공동체의 언어는 내 언어를 '감염시키는' 것만 같다. 시인은 공동체에 속하기를 거부한다. 차라리 저 먼 '사막'으로 떠날 수 있기를 바란다.

왜 시인은 난유의 형식을 통해 공동체의 언어를 거부하는가. 사회적 언어는 인간중심적인 잣대로 다른 생명을 명명하는 방식이고, 시인의 내면을 온전히 담아낼 수 없으며, 사회성의 울타리에 시인의 언어를 가두기 때문이다. 이는 관습적 언어를 거부하는 생태적이고 실존적인 해명이라고 할 수 있다. 시인은 자연을 함부로 대하지 않는 언어, 그리고 사회에 구속되지 않는 언어를 꿈꾼다.

의미의 가닥이 잡히지 않는 작품들 사이에서 유독 위 시구들은 명료하게 창작 의도를 해명하는 듯하다. 따라서 나는 그의 시가 생태학적 신념과 실존적 기투 속에서 성립한다고 해명할 수도 있을 것이다. 그러나 나는 이 해명들이 의심스럽다. 왜냐하면 확신이 느껴지지 않기 때문이다. 시인은 장미를 사랑하기 때문에 장미에 대한 명명을 비판하는 것일까. 어떤 밤 그는 몽상의 기쁨을 누렸을까. 오히려 두드러지는 것은 "꽃말을 지은 사람" "페르소나의 울음을 풀지 못한 사람들"과 같은 타인에 대한 성찰과 거리 두는 태도이다. 무엇보다 그러한 사색의 층위를 살펴보자. 마치 이 시집의 난유처럼, 생태학적(「페루의 오리처럼」), 실존적(「다락이 정물화가 되듯이」), 사회적(「멘토」「각주 없이 서로를 이해할 수 없는」) 층위를 오가는 해명에는 일관성이 없는 듯하다. 어쩌면 시인은 신념을 세우기 위해 말했던 것이 아니라 어떠한 신념도 갖지 않기 위해 말했던 것은 아닐까. 이 시집의 근본적인 형식은 그 어떤 것도 마음의 심지로 삼지 않는 의심의 태도가 아닐까.

3. 나란히 나아가기 위하여

이제 이 시의 주제를 재구축하고자 한다. 앞서 한 편의 완결성을 해명하는 방식으로 이 시집을 해설하려 할 때 하나의 주제나 정서로 매듭짓는 것이 불가능하다는 사실을 논증하려 했다. 그렇다면 새로운 독법을 마련해 보자. 차라리 시집 전체를 한 편의 시로 읽는다면 어떠할까. 푸가처럼, 하나의 선율을 다른 선율이 모방하듯, 언어의 끊임없는 변주로 이루어진 악곡이나 다름없다고 이 시집을 이해한다면 어떠할까. 또한 통계적으로 접근해 보자. 우선 이 시집에서 가장 중심적인 악곡이라고 비유할 수 있는 것, 다시 말해 가장 자주 반복하는 단어는 '사람'이다.

어디로든 흘러 여름에는 옷을 벗고 겨울에는 털옷을 챙겨 적당히 사람이 되었습니다 어제를 어둠 속에 넣고 달콤해지기를 기다리는 사람들이 있었습니다 새 인류처럼 활기차 보였습니다
　―「두 다리가 짧다는 걸 새는 몰랐다고 했습니다」 부분

사과를 사 들고 가는 사람이
그림의 의도대로 무제라면
도망친 저녁 컷 한 장이 될 수 있겠니
　　　　　　　　　　　　　―「종점 사람」 부분

사색이 없으므로
누가 와도 마른 벤치는 다정하고

색이 낡은 오늘을 선물 받은 사람은
계속 건너가고 건너가

　　　　　　　　　 ―「토끼가 사라져도 자장면 비비는」부분

사람들은 왜 밀려다닐까

어디로 가는 걸까

무엇을 보는 걸까

서로 웃는다고 말하지만

도무지

　　　　　　　　　　　　　　 ―「수북」부분

부어오른 차선에

즐거운 누구의 꿈인지 쏟아져 있고

욱하던 속도를 만지면 뜨거워서

털썩 녹은 멀미같이

사람들 어디로 가요

　　　　　　　　　　　　　 ―「휴게소」부분

　시집 전체에서 '사람'이라는 단어는 무려 일흔 번에 가깝게 반복한다. '사람' 혹은 '사람들'에 관한 진술을 모아서 살피면 메시지는 간명하다. 사람들은 명확한 방향 없이 살아갈 뿐이다. 삶은 이유 없이 흘러갈 뿐이다. 이 시들은 연결하여 한 편의 시로 읽어도 될 만큼 하나의 주제를 공유하고 있다. 사람들은 계절에 따라서 "적당히 사람"인 양 행동하고 그러나 명확한 이유 없이 "무제"일 뿐인 그림 속을 살아가고 있다. 시간 어휘의 활용도 두드러지는데, 이때 시인은 명백히 허무 의식을 드러내고 있다. 여름이든 겨울이든 "오늘"은 사색 없이 흘러갈 뿐이다. 시인은 묻는다. "사람들은 왜 밀려다닐까" "사람들 어디로 가요". 어떻게 저 사람들은 자신을 설득하는 데 성공했을까. 보통 사람의 삶이 시인에게는 이유 없이 따라야만 규율처럼 보인다.

이 반대급부로서 또 다른 작품들에서 시인은 공동체로부터 벗어난 '사람'의 이미지를 제시한다. 이를테면 "학습 없이 태어난 사람"(「학습은 네라고 대답하지 않고」) "세상을 무단횡단한 사람"(「어느 알의 최선」) "불빛 밖에 서 있는 사람"(「테이크아웃」) "모르는 세상의 난민"(「더 디자인」)과 같은 형상을 시인은 꿈꾼다. 그러나 이 수사들이 과장되어 있음을 알 수 있다. 이 형용모순이나 몽상에 가까운 표현은 곧 애초부터 시인이 사회로부터 벗어나는 것이 불가능함을 인식하고 있음을 암시한다.

이 시집이 드러내는 것은 인간에 대한 깊은 허무의식이다. 이 허무의식은 사회적 삶이 헛되다는 것이다. 절망적 정조 속에서 "등에 이름을 붙이며 사람이 될까"(「퍼즐」)라는 반문처럼, 시인은 때론 자신이 '사람이 아니라는' 실존적 불안에 휩싸인다. 그 이유는 사람다운 삶, 사람의 세계가 시인의 손에는 선명하게 잡히지 않기 때문이다. 도저히 납득할 수 없는 하루가 눈앞에 주어져 있다. 이 막막하고 공허한 존재. 시인에게 존재한다는 것은 영문을 알 수 없는 것이다. "시간은 그냥 벽 위에 걸려 있고 얼굴을 닫는다"(「함몰」)라는 시구처럼 시인은 이 막막한 시간을 어떤 얼굴로 마주해야 할지 모른다.

따라서 이 시의 근본적인 정조는 부조리이다. 시인의 시선은 그 어떤 것도 애정 어린 시선으로 바라볼 수 없다. 모든 인간과 사물의 존재 이유가 텅 비어있기 때문이다. 부조리는 삶에 이유가 있어야 한다고 믿는 이성적인 인간이 근본적으로는 의미가 부재한 세계로부터 느끼는 감정이다. 파편화된 형식은 이 허무의식의 투영이다.

'비좁은' 세계 혹은 '좁은 인류'의 이미지가 이 시를 이루는 근본적인 상징이다. "휘어지는 마을과 옥탑과 인류의 좁은 귀가 흘러 들어간다"(「유리 안무」)라는 시구처럼, 휘어지는 마을과 옥탑도, 인류도 떠밀리듯 비좁은 사회에서 부대끼며 살아간다. '좁다'라는 형용사는 실존적 자유의 왜소함을 뜻한다. 이웃과 살아간다는 것은 "좁은 곳이라 좁게 인사하고/ 한 줄로 서서"(「텃습니다」) 살아가는 일이다. 이 좁은 삶 속에서 '나'는 떠밀리듯 사회적 역할을 수행해야만 한다. 그 삶에는 어떤 희망도 없는 것처럼 "상투적인 당부와 서로 다른 세계를 쥐고 계속 굴러가네"(「소낙비는 매우 뾰족하여 규칙대로 읽을 수가 없네」)라는 진술만 가능하다.

그러나 나는 조금 더 나아가야 한다. 지금까지 제시한 단편적인 독법을 넘어서서 징후적인 독법에 완수하려면, 요컨대 시인이 표면적으로 진술하는 것을 넘어서 읽어내려면 우리는 지금까지 이야기했던 것을 반대로도 물어야 한다. 앞서 '사람'이라는 단어를 시인이 가장 많이 반복했다고 설명했다. 이렇게 묻자. 사람을 사랑하지 않았다면, 사람 곁에서 머물러야 한다고 믿지 않았다면, 사람이라는 단어를 혀끝으로 발음할 필요가 있었을까. 애초에 이 난해한 시가 우리에게 건네질 필요란 무엇인가. 이로부터 '우리'라는 단어 또한 주목하게 된다.

우리 모두 우리 속에 갇혀 있다는 걸 잊어 버렸다 함께라는
언어에 묻혀 아무도 강제로 묶여 있다고 느끼지 않았다 우리
물고기 우리 고양이 우리 백록담 얼굴은 없고 모자만 공중을
계속 돌았다 구간 조정이 되지 않는 우리는 새로운 코스모스
끈적거리는 도시의 띠
　　　　　　―「각주 없이 서로를 이해할 수 없는」 부분

멀리서 보면 오늘은 아름다웠습니다 우리 사는 이야기에
예측은 그만두기로 했습니다 여행은 사람에 몰두해야 했습니다
　―「두 다리가 짧다는 걸 새는 몰랐다고 했습니다」 부분

세계를 포기하지 말자 광고를 따라 하며

물의 한 차원은
다시 파고를 타겠지만

고대에서 미끄러진 내일을 추상한다

결심이 흘러버린 영토에 꽃이 차올라
낡은 마음 철렁철렁 건너가고

겨울에 갇히지 않도록 가슴끼리 얼면서 걸어간다

우리 얼음 강 감아 매고 조금 더 가 볼래
대륙까지

동면을 흔들어 깨운다

—「우리 예감 타고」부분

　　세계의 지층을 따라 방류되는 현대였다 뻗어가는 입구를
발견할 것처럼 대행진은 마침표를 거절했고 세계는 세계를 감
당하려 휘청거렸다 병에 담긴 해와 달을 구경했다 남은 길이
까맣게 길쭉 거렸다 착한 거울의 날개가 펄럭거렸고 뛰어 뛰

어 운동장 모서리를 돌며 우리는 자라는 사회를 끝까지 밀었

다 한 개의 향기라도 모아 미래를 기원하며

―「독려」 부분

표면적으로 이 시집의 주제는 세계의 공허함이고, 주된 정서는 부조리이다. 난해한 시의 형식은 세계의 부조리에 대한 재현이다. 하지만 나는 이것이 이 시집에 대한 최종적인 해설이라고 생각하지 않는다. 먼저 시를 살피도록 하자. 「각주 없이 서로를 이해할 수 없는」에서 '우리'는 "함께라는 언어"에 묶여 있다. 이는 사회적 언어를 구속구로 여기는 시인의 시선을 반영한다. "우리 물고기 우리 고양이 우리 백록담"이라는 비약적인 표현은 일상적 언어를 거부하는 말장난이라고 판단된다. 이 언어유희는 사회적 언어를 해체하려는 시집의 형식과 맞물린다. 끝내 '우리'를 "끈적거리는 도시의 띠"로 비유하는 것은 앞서 설명한 '좁은 인류'의 이미지, 즉 부대끼며 흘러가는 삶을 떠올리게 한다. 그런데 이 시에서 주목할 것은 '끈적거리다'라는 형용사다. 이는 시인에게 삶이 피부로 감각된다는 것, 무엇보다도 타인이 피부로 감각된다는 사실을 암시한다.

이와 비슷하게 「두 다리가 짧다는 걸 새는 몰랐다고 했습니다」에서 시인은 마치 현실과 거리를 둔 듯 말한다. "멀리서 보면" 세상은 견딜만하고, 그래서 세상에 대해서 체념한 투로 시인은 "여행은 사람에 몰두해야 했습니다"라고 쓴다. 이 비문

은 타인을 향해 나아가는 것을 곧 '여행'인 동시에 '몰두해야 했던' 의무로 받아들였음을 유추하게끔 한다. 두 작품에서 끝내 시인은 사람을 포기하지 못한다. 그에게 사람은 '피부로 몰두해야 할' 하나의 의무인 것이다.

한편 「우리 예감 타고」와 「독려」는 희망적인 '동행'의 이미지를 제안하는 작품이다. 「우리 예감 타고」에서 시인은 경험하지 못한 새로운 미래로 나아간다. 비록 그 전진은 신념에 기초한다기보다 "세계를 포기하지 말자 광고를 따라 하며" 행하는 유희 정신에 가깝지만, 오히려 그렇기에 가벼운 마음으로 '우리'는 멀리 전진할 수 있을 것만 같다. 그리하여 "우리 얼음 강 감아 매고 조금 더 가 볼래/ 대륙까지"라는 진술을 통해 시인은 동면하는 이 세계 너머로 함께 나아가기를 권유하는 것이다. 마찬가지로 「독려」는 현대를 벗어나 '현대 너머'의 시공간을 꿈꾸는 작품이다. 중요한 것은 "한 개의 향기라도 모아 미래를 기원"할 때, 홀로 나아가기를 바라지 않고 '우리'가 나아가기를 바라는 시인의 마음이다.

숙고해 볼 것은 '우리'의 범주이다. 시인에게 '우리'는 사람을 가리키는 것일까, 아니면 자연의 동식물까지 포함하는 것일까. 시인은 때로 "군중과 화원"(「유리 안무」), "자연주의와 인간주의"(「학습은 네라고 대답하지 않고」)라는 기로 사이에서 사색한다. 언뜻 그의 시는 현대성의 너머, 인간성의 너머, 생태적 사유로 전진하는 것처럼 보인다. 하지만 나는 그렇게 생각하지 않는다. 오히려 나는 시인이 줄곧 간절히 발음해 온 대상이 사람이었다는 사실을 떠올린다. 사람이야말로 시인에게 가장 불쾌한 것인 동시에 그만큼 사랑했던 대상은 아닐까. 사회는 구속구이지만, 끝내 이 시집에서 제일 원칙은 타인과 피부를 맞대며 살아가야 한다는 의무가 아니었을까.

　　우리는 우리가 정한 자료로 손님을 평가합니다 평범함과 단순함이 문제의 사항은 아닙니다 없는 것이 많은 손님에게 우리가 필요하죠 손님은 우리의 표준 고객입니다 표준 약정을 읽고 약속을 지켜주시면 고맙겠습니다 약속을 어길 시 불이익이 있습니다 압류라든가 눈동자로 벽까지 밀어붙인다 앞 사람이 들리지 않게 침을 삼킨다 사인이 끝났습니다 손님은 이제 마음껏 이 세상을 사용하셔도 되겠습니다 그럼 약속을 잊지 마시고 음 그럼

―「손님」부분

이 시집의 마지막 작품은 '세상을 자유롭게 사용하는 계약'이라는 모순으로 마무리된다. 계약은 의무를 지운다는 점에서 자유와 상충하는 것이다. 따라서 "마음껏 이 세상을 사용하셔도 되겠습니다"라는 목소리는 실상 "표준 약정"과 "약속"의 구속을 받아들이는 데 그친다. 그 구속을 받아들일 때 사람은 평범한 손님이나 사용자로 전락할 것이다. 이 시는 줄곧 시인이

거부하고자 했던 사회적 규약을 강권하는 목소리를 연출한다. 시인은 이러한 시를 통해 마치 '자유로운 계약'인 양 개인을 구속하는 사회 제도를 풍자하려 했을 것이다.

의문스러운 것은 왜 이 작품이 시집의 마지막에 놓이느냐이다. 한 시집의 마지막 작품은 시인의 여정이 끝맺는 장소와 같은 것이다. 그런데 시인은 사회 바깥으로 나아가거나 이 사회를 파괴하는 이미지를 제시하는 것, 즉 자유나 분노를 표출하는 대신 다시금 사회 안의 구속으로 되돌아와 '손님'이 된다. 사회적 언어를 비판하는 주제와 형식을 표현했던 모든 싸움이 좌절하는 듯한 결말로 끝맺는 셈이다.

이 시집은 하나의 징후로 끝맺는다고 할 수 있다. 귀결은 결국 '계약'이다. 따라서 파편화된 언어와 시적인 몽상을 가없이 전개하는 듯 보였던 이 여정은 자유를 위한 여정이 아니다. 이 시는 바로 '사람'에게 되돌아가는 것, 이 영문 모를 세상에서 피부를 맞대고 살아가는 인간적 삶을 받아들이는 과정이었던 것처럼 보인다. 그렇기에 나는 이 시집의 근본 형식이 이 무미건조한 삶을 삼켜내는 과정이었다고 결론 내린다. 어떤 끔찍한 것조차 멀리 놓으면 응시하는 것은 가능하다. 마찬가지로 환멸하는 세상이 시적 몽상에 감싸일 때 비로소 아침은 살아낼 만한 것이 된다. ▨

| 이효림 |

경남 밀양에서 태어나 2007년 『시와반시』로 등단했다. 시집으로
『명랑한 소풍』『위대한 예측불허』가 있다. 2018년 아르코창작기
금을 수혜했으며, 2015, 2020년 문학나눔 우수문학도서에 선정되
었다.

이메일 : leess1213@hanmail.net

현대시 기획선 100
집을 용서하자

초판 인쇄 · 2024년 9월 25일
초판 발행 · 2024년 9월 30일
지은이 · 이효림
펴낸이 · 이선희
펴낸곳 · 한국문연
서울 서대문구 증가로29길 12-27, 101호
출판등록 1988년 3월 3일 제3-188호
편집실 | 서울 서대문구 증가로31길 39, 202호
대표전화 302-2717 | 팩스 · 6442-6053
디지털 현대시 www.koreapoem.co.kr
이메일 koreapoem@hanmail.net

ⓒ 이효림 2024
ISBN 978-89-6104-366-3 03810

값 12,000원